Premier jour d'école

Lauren Thompson

Illustrations de
Buket Erdogan

Texte français d'Hélène Rioux

Éditions
■SCHOLASTIC

Pour Owen et Graham, les meilleurs amis — L.T.

Pour Kevin et Alyssa, pour tout le plaisir et l'inspiration — B.E.

Catalogage avant publication de Bibliothèque et Archives Canada

Thompson, Lauren
Premier jour d'école / Lauren Thompson;
illustrations de Buket Erdogan; texte français d'Hélène Rioux.
Traduction de : Mouse's First Day of School.

Pour les 4-7 ans.
ISBN 0-439-94162-8

I. Erdogan, Buket II. Rioux, Hélène, 1949- III. Titre.

PZ23.T458Pr 2006   j813'.54   C2006-903018-9

Publié selon une entente conclue avec Simon & Schuster Books for Young Readers,
une marque d'édition de Simon & Schuster Children's Publishing Division, New York.
Tous droits réservés.

Édition publiée par les Éditions Scholastic,
604, rue King Ouest, Toronto (Ontario) M5V 1E1.

5 4 3 2 1   Imprimé au Canada   06 07 08 09

Un beau matin, où le soleil brille,
petite souris trouve une cachette...

Et la voilà transportée
dans un lieu inconnu.
Sur le sol, petite souris
découvre...

un,

deux,

trois,

quatre!

Des cubes!

Vroum,
vroum,
vroum!
Une voiture!

Boum,
boum,
badaboum!
Un tambour!

En haut, sur une tablette,
petite souris trouve...

A, B, C.

Un livre!

Cheveux bouclés
et belles joues rouges!

Des poupées!

Des tiges qui grimpent partout!

Une plante!

Sur la table,
petite souris voit...

un tube rouge,

un tube jaune,

un tube bleu!

De la peinture!

Trace,

gribouille,

dessine!

Un crayon de cire!

Glouglou, crounch, miam!

Une collation!

Et dans un coin,
petite souris aperçoit...

un cercle,

un triangle,

un carré!

Un casse-tête!

Oh,
ma
chère!
Un chapeau!

Puis, juste à côté d'elle,

petite souris découvre...

Deux amis qui
lui sourient!

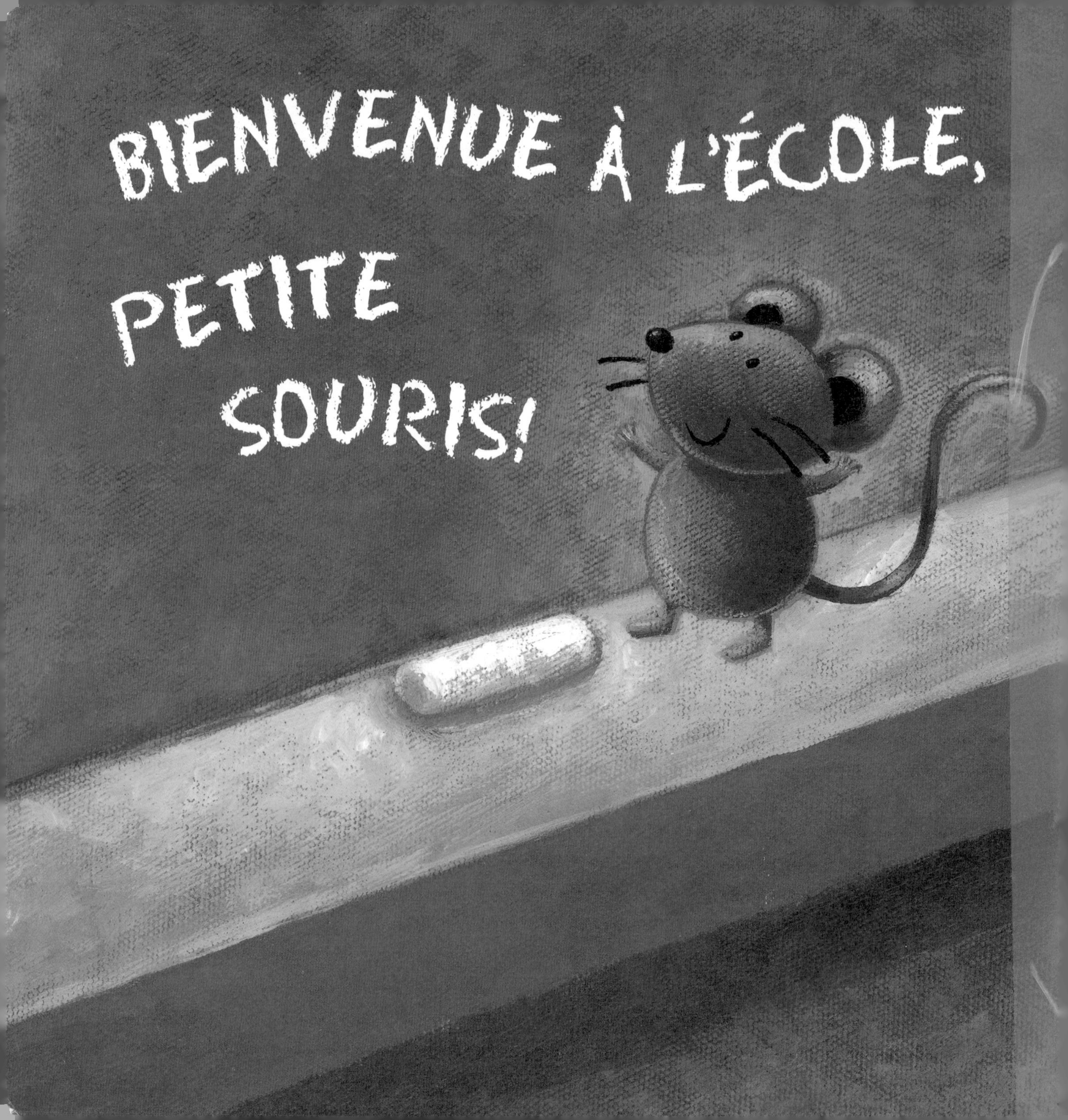
BIENVENUE À L'ÉCOLE,
PETITE
SOURIS!